KB071114

고향의 메아리

책 만 드 는 집　시 인 선 101

고향의 메아리

배종관 시조집

책만드는집

고향은 잃어버리고
추억은 쌓인다.

늘 내 마음속에 또렷이 자리하는
내 고향 죽림마을

초록이 지천으로 펼쳐진 청보리밭 위 종달새 울던 소리
당산의 편백나무 숲에서 목청껏 울어대던 매미 울음소리
연못 위 개울가에서 버드나무 꺾어 불던 버들피리 소리
병풍처럼 둘러싸인 竹林의 대나무 부딪치는 소리
수박 향 나는 은어를 잡던 앞 냇가 맑은 물소리
뒷동산 송홧가루 날리던 그 바람 소리

오늘도 고향의 메아리는 석소골 언덕을 넘어
내 귓전에 들려오는데

이제는 눈 감아야 보이는
내 고향 죽림마을

아, 그립다.
그리워!

2017년 가을
불모산 자락 詩雲亭에서
배종관

| 차례 |

2부   여름 아침

3부   가을바람

4부 겨울 낙동강

5부   바람 여행

1부

봄이 오는 소리

봄

봄비 오는 소리 듣고
홍매화 꽃등 켜면

언 땅이 심심해서
간지럼을 태웁니다

헐벗은
겨울나무들도
발가락이 꼼지락.

고향

늘 가는 고향인데
고향 같지 아니하다

앞산보다 더 높아진
초고층 아파트 숲

가득 찬 낯선 불빛에
고향 달은 희미하다.

대밭에 둘러싸인
내 고향 죽림마을

골목길 옛 모습을
더듬어 찾아본다

이끼 낀 돌담 너머로
오고 가던 옛정을.

풍물놀이

어릴 적 그 소리가 천둥처럼 들려온다
희미한 고향 하늘 한 자락을 베어내니
그 시절 고향 사람들
얼굴 또렷이 보인다.

지그시 두 눈 감고 고향 달 쳐다보니
달무리 은은하게 파문으로 번져간다
눈시울 뜨겁게 하던
아버지의 징 소리.

매화

수줍어 말 못 하는 첫사랑 고백처럼
아프게 부어오른 그리움의 망울들이
여인의 하얀 미소로
봄을 살짝 머금었다.

겹겹의 그리움은 연정으로 쌓여서
가지마다 눈 흘기며 터지는 송이송이
춘정은 봄을 앞질러
부푼 꿈이 피어난다.

고향, 뒷산에서

저기쯤 우리 집 터
그 옆이 우물이고

또 저긴 마을회관
그 앞엔 방앗간 터

눈 감고 그려봅니다
죽마 타던 옛 친구들.

산수유 마을

봄님이 오시는 길
너도 피고 나도 피고

지리산 한 자락을
노랗게 물들였다

환하게
미소 머금고
봄 마중을 나왔다.

시간을 잃어버린
이끼 낀 담장 너머

애틋한 그리움에
살짝 고개 내밀어서

수줍은

산골 색시가

방글방글 웃는다.

낮잠

창으로 스며드는
따스한 햇살 한 줌

눈가를 빙빙 돌아
눈까풀 닫습니다

버티다
버티다 못해
꿈나라로 갑니다.

틈 없는 시간인데
꿈속을 헤맵니다

안개 속을 헤치다가
꿈길에서 깨어보니

가위에

잘린 하루가

동강 나고 맙니다.

봄이 오는 소리

나목 가지들이
바람과 싸운 겨울

여린 순 돋아나며
간지러운 속삭임들

세상에
제일 아름다운 소리
봄노래가 들립니다.

영취산 진달래

색동옷 봄 처녀가
부끄러워 낯 붉히며

산 총각 첫사랑을
서로 먼저 가지려고

다투어
사랑 고백에
붉은 입술 내민다.

죽령을 넘으면서

짚신을 매단 봇짐
옛사람 걷던 길이

고속도로 내어주고
재를 넘는 옛길이네

소백산
어깨를 짚고
옛사람이 되어본다.

오르막 삼십 리 길
내리막 삼십 리 길

고갯마루 올라서니
탁 트인 봉우리들

석양은

산등에 앉아

나그넷길 재촉한다.

마침표

오늘도 누군가가
하늘로 가는갑다

상주들 슬픔 속에
곡소리 높아질 때

참 맑은
하늘 속으로
새 한 마리 날아간다.

죽림마을

유난히 정이 많던 내 고향 죽림마을
따스한 햇살들이 집집마다 머물면서
날마다 찡한 인심이
담을 넘어 오갔는데.

시원한 우물 같은 정자나무 그늘 아래
걸어둔 추억들은 오늘도 맴도는데
보고픈 고향 사람들
파편처럼 흩어졌다.

이제는 눈 감아야 보이는 고향 마을
마음에 깊이 새겨 한없이 가득 담아
누구도 손댈 수 없게
열쇠 채워두련다.

아버님 오시는 날

음陰 이월
스무하루
아버님 오시는 날

구름 비낀
조각달이
고향 집 비춥니다

멀리서
발자국 소리
들리는 듯합니다.

꽃 피는 봄을 두고 서둘러 가신 걸음
지게로 사신 평생 통증으로 다가와서
아련한 가슴 한편을 두드리고 있습니다.

배운 건 없었지만 일깨워 주신 정신
곰곰이 생각하니 눈시울 젖습니다
그 마음 이제야 알고 저도 닮아가렵니다.

엎드려 다가서니 들리는 듯 그 목소리
술 한 잔 비우시고 고개를 끄덕이며
새하얀 도포를 입고 돌아보고 가십니다.

육십령

청춘을 짊어지고
가쁜 숨 몰아쉬며

산모퉁이 돌아와도
쉴 수도 없던 인생

어느새
고개를 넘어
내리막을 갑니다.

윤 씨의 하루

먼저 간 아내 얼굴 가까이 올 때까지
팽개친 한나절을 낮술에 빠져든다
당신은 누구십니까?
지나가는 추억들.

풍랑에 돛을 달고 갈 곳 몰라 헤매다가
지나는 구름 따라 함께 가자 손짓한다
전봇대 노를 저어서
취중유람 떠난다.

허방만 짚던 인생 술잔을 벗 삼아서
오늘도 어제같이 내일도 헤매는가
언제나 얼룩진 얼굴
제자리에 맴돈다.

동시조

쑥

겨우내 잠만 자던
이른 봄 언덕에서

봄볕이 따사로워
기지개를 켭니다

순이의
봄나들이에
"저요 저요" 외칩니다.

2부

여름 아침

여름 아침

흙탕물 칠한 연못
물안개 떠난 자리

또르르 굴러가는
연잎 위 아침 이슬

내 너를
닮아가려고
마음 거울 닦는다.

다대포의 밤

곱게 진 석양 아래 어둠이 내립니다

수많은 몸짓들은
얼룩으로 남겨지고

철새들 무리 지어서
백사장을 떠납니다.

저물녘 다대포는 노을이 헹굽니다

파도에 젖은 여로
한잔 술로 출렁이면

바다에 비친 달님도
술잔 속에 웃습니다.

조약돌

태종대 자갈 마당
돌마다 동글동글

파도 따라 차르르
올랐다 내려갔다

언제쯤
내 시조 한 수
저 빛깔로 고와질까.

비 오는 날
-고향 집에서

후드득 오는 비가
내 단잠을 깨운다

잊고 지낸 친구들이
우르르 몰려와서

고향 집
창문을 때려
옛 추억을 깨운다.

온종일 하릴없이
텅 빈 가슴 두드리니

기억은 바람 타고
내 유년을 퍼 올려서

지나온
발자국들이
굴렁쇠로 구른다.

태풍

뿔이 난 바람들이 바다를 건너오니
오백 년 느티나무 속절없이 쓰러진다
머리채 풀어 헤치고
온 마을을 휘감고.

무시로 떼를 지어 우르르 몰려와서
장대비 퍼부으며 들판을 휘젓는다
깨어진 초록의 평온
울분으로 가득하다.

어머니의 얼굴

단물은 다 내어주고
주름 주름 가득하다

얼굴에 새겨 있는
내 몫을 헤어보니

내 맘속
깊은 호수에
달이 빠져 웁니다.

반딧불

모깃불 타고 있는
고향 집 지붕 위로

어둠을 밀고 와서
별빛을 뱉어낸다

까아만
여름 그믐밤
보석처럼 빛난다.

대변항 풍경

비릿한 갯바람에 물기 젖은 어부의 손

파도의 이랑마다 멸치 떼 일렁인다

오늘도
다독인 바다
만선 깃발 올라가고.

뱃고동 울고 나면 이영차 노랫소리

그물을 털어낼 때 춤을 추는 은비늘들

바다를
건져 올려서
뭍에 쏟아붓는다.

新고려장

주름살 깊이 파인 팔순의 내 어머니
헤쳐 온 시집살이 시린 설움 묻은 채로
십구 층 아파트에서
감옥살이하신다.

호미질하던 논밭 불빛 아래 감춰지고
성城보다 높은 벽 속 겹겹이 가두었다
죄업이 무엇이길래
종신형을 받으셨나.

사라져간 고향 집을 창 너머 바라보며
아득한 허공에서 한 세월 건너간다
이제야 알 것도 같네
산뻐꾸기 운 뜻을.

비둘기호

염천에 늙은 황소
느릿느릿 밭을 갈다

애환을 짊어지고 숨이 차서 멈춰 섰네

무시로 메아리쳐서
시름 한번 뱉어내고.

달리는 차 창에는
산수화 전시회 속

이야기 뒤적이다 잠 청하던 완행열차

역사의 그늘 속에서
사라져간 아쉬움.

석병산 운해

첩첩 산 줄기줄기
파도로 밀려오면

하늘은 구름바다
다도해를 이룬 섬들

천상의
한 자락 끝에
돛배 하나 떠간다.

재개발

산마루 올라서니 눈물이 핑 돕니다

폐허 된 고향 땅은 폭격 맞은 자립니다

굴삭기 고함 소리와
앞을 막는 흙먼지.

골목길 더듬어도 고향 집 간곳없고

우물가 감나무도
걸어둔 이야기도

모두 다 떠난 빈자리 그림자도 없습니다.

계림산수

펼쳐진
병풍 속에
묵향이 넘쳐나고

강 속에 붓이 지나
구름이 흐르는데

시 한 수
건지지 못한
안타까운 이 마음.

비단 같은 잔물결에 신선 되어 노닐다가
두둥실 구름 한 점 산자락에 걸처놓고
가슴속 먹물을 찍어 화폭 속에 담아본다.

솟아오른 봉우리는 물결에 흔들리고

구름도 나와 같이 물 위로 떠다닌다
젖어든 가슴 저 밑에 낮달 하나 떠오른다.

눈으로 먹을 갈아 하늘에 갈필 하니
꿈속의 계림산수 묵향으로 퍼져 있다
빚어낸 절벽 위에는 해도 하나 달도 하나.

둥근달 둥실 띄워 저 산에 걸어놓고
옛사람 묵객들의 그림자와 함께하여
청산을 품어 안고서 시조 한 수 읊어본다.

청송 青松

소나무
저 소나무
절의節義에 찬 선비 같다

높가지 학을 태워
구름 속의 신선 같다

가던 길
잠시 멈추고
나도 옆에 서본다.

고향 생각

캄캄한 연못 위에
달빛이 드리우면

둥그런 달무리
파문 된 그리움이

옛 생각 꼬리를 물고 사연들이 줄을 선다.

지워졌던 사연들을
지척에 떠올리니

모과 향기 짙게 나
얼굴들이 줄을 서서

깊은 밤 고향 하늘에 별로 총총 돋아난다.

호수

푸르고 맑은 하늘
그릇에 담아놓고

구름도 붙잡아서
물새도 부릅니다

저 산도
손짓했더니
거꾸로 와 섰습니다.

3부
가을바람

가을바람

햇살로 몸 태우고
빨갛게 단장하고

싫다고 버둥대다
힘없이 떠나가네

촉촉이
젖은 낙엽을
달래주는 갈바람.

낙엽

가슴을 갈아엎는 만추의 계절에는

지난날 푸르름이
뚝 뚝 뚝 지는 소리

황진이 한숨이 되어
사라지는 저 잎새.

내 안에 일렁이다 떨어지는 푸른 고독

추풍에 낙엽 되어
차곡차곡 쌓이는데

가을은 흔들리는 계절
내 마음을 흔든다.

석소골* 억새

석소골 바람 언덕
가을 햇살 지난 자리

지게에 진 노을은
땀에 젖은 세월의 정

가없는
내 아버님의
흰머리가 날립니다.

* 필자의 고향 뒷산 계곡.

호박소*에서

폭포의 절구질에
부서진 하얀 포말

용소의 절구통을
명경수로 다듬어서

산 한 폭
집어넣으니
출렁이는 내 가슴.

물속에 밝게 비친
하늘은 더욱 높아

흰 구름 지나가며
가을 풍경 그리는데

청아한

산새 소리가

퐁당퐁당 빠진다.

* 밀양시 가지산의 한 물줄기인 용수계곡의 소沼.

여의도 광견狂犬

집 보는 일 따위는 알아도 모르는 척
내 배만 채우려니
헛바퀴 돌고 돈다

하늘도
무심하시지
견공犬公이라 이름하니

순한 양 울음소리 아직도 작았던가
몹쓸 말 잔인하게
저리도 쏟아낼까

그토록
아파하는 말
들리는가, 듣는가.

오늘도 원형 속은 싸움 소리 가득하다
핏발 선 광견들이
서로 물고 늘어지네

네 이놈!
호통칠 어른
그 어디에 계신가요.

어머니의 나이테

바래진 사진 속은 한때는 꽃이었다

아득한 길 위에서 되돌아 펼쳐보니

해마다 그리움이 자라 주름 깊이 새겼다.

먼빛의 그림자는 옛 모습 닮았는데

가까이 새겨보니 지나온 길 아득하다

긴 시간 빠져나간 자리 나이테로 무성하다.

부산 갈매기

찢어 든 신문지가
파도로 출렁이니

갈매기 목이 메어 서럽게 울음 운다

사직벌 푸른 함성에
오륙도가 일어선다.

한사랑 변치 않는
뜨거운 가슴 모아

목마른 가을 향연 애타게 염원한다

갈매기 부산 갈매기
나는 너를 응원하리.

피아골* 단풍

오색 치마 둘러 입고
이 골짝에 다 모여서

치마끈 풀어내며
삼홍三紅**으로 유혹하네

피아골
옷 벗는 소리에
붉어지는 얼굴들.

* 지리산 단풍으로 유명한 계곡.
** 산홍山紅, 수홍水紅, 인홍人紅─산 붉고, 물 붉고, 사람 마음도 붉다
는 뜻.

친구에게

부엉이 울던 그 밤 새까만 그때 추억
콩 서리 불 피우던 너럭바위 그대론데
다시는 돌아올 수 없는 길
먼저 떠난 친구야.

젓가락 두들기며 함께했던 노랫가락
고향의 메아리는 꿈속에 들려와서
그 흔적 찾으려 하니
너는 가고 없구나.

너무나 긴 이별로 가슴벽이 무너지고
밤하늘 별이 되어 별똥별로 지나간 너
가슴속 파문이 번져
강이 되어 흐른다.

장유사* 풍경 소리

적막한 불모산에
물고기가 울고 있다

건듯 분 실바람에
한바다가 그리워서

고향의 푸른 시간들
저물도록 울고 있다.

허공을 헤엄치면
바다에 다다를까

끊길 듯 이어지는
목메인 저 울음들

그믐밤 처마 밑에서

저리 슬피 울고 있다.

* 경남 김해시 장유면 불모산에 있는 절. 우리나라 남방불교 전래설을 입증하는 사찰로서 가락국으로 건너온 인도의 장유화상이 서기 48년에 세웠다고 한다.

선생님께 바칩니다
−고 김신도 교장 선생님 1주기 추모 낭송시

가신 지
벌써 일 년
하늘이 맑습니다

실 같은
갈바람이
왜 이리 춥습니까

뜨겁게
불 지피신 당신
그리움에 춥습니다.

절인 땀 곰삭히며 푸른 눈빛 뿜어내어
반용산 한 자락을 땀방울로 꿰매어서
꿈동산 이루신 것은 선생님의 공功입니다.

교사校舍 기둥 돌탑만큼 올곧은 그 뜻이여
진리를 뿌린 씨앗 사방으로 퍼져나가
여저기 싹이 돋아서 선생님을 부릅니다.

한 아름 국화꽃을 영전에 바칩니다
정으로 곱게 싸서 선생님을 부릅니다
제자들 얼굴 보듯이 활짝 웃어주소서.

염원

천불동 바위틈에
소나무로 살고 싶다

운무에 씻어진 몸
있어도 없는 듯이

모두를
잊어버리고
푸르게 살고 싶다.

모과

방 안을 가득 채운
향긋한 모과 향기

마지막 살점까지
다 썩도록 내뿜는다

내 인생
다하는 날까지
모과처럼 살았으면.

폐가

백두대간 종줏길 강원도 깊은 산골

살다가 버리고 간 너와집 폐가 한 채

가난한 삶을 살았던 남아 있는 흔적들.

거미줄 가로막는 부엌문 열어보니

구멍 난 살림들이 뒹굴며 자고 있다

너와집 틈새 햇살이 빈손으로 나간다.

다람쥐

도토리 한 알을
두 손으로 움켜쥐고

혹시나 뺏길까 봐
사방을 둘러보네

괜찮다
괜찮다 해도
저만큼 달아나네.

4부
겨울 낙동강

겨울 낙동강

날 저문 낙동강은
수묵화를 그립니다

노을에 젖은 강물
멈춘 듯 흐릅니다

나루터
지날 때마다
배 한 척씩 매달고.

첫겨울 발자국

허름한 회색 도시
냉기 찬 아스팔트

나란히 줄 서 있는
가로수 은행나무

소풍 온 고아들처럼
오들오들 떨고 있다.

거리는 텅텅 비었는데
더 높은 맑은 하늘

남겨진 낙엽 한 장
눈물로 흘러내려

속울음 깨물며 가는
첫겨울의 발걸음.

전갈 傳喝

물고 뜯고 하다가 위독하단 전갈 받고
하나둘 엇갈리며 중환자실 들어선다
용케도 불효자식들
산소통이 대신했다.

등 돌린 살붙이들 애절하게 바라보니
심장의 박동 소리 서서히 커져간다
주르륵 흘러내리는
유서 같은 저 눈물.

애달픈 아비 마음 아는지 모르는지
떠나려는 그 순간도 서로 눈 부라리니
하늘에 벌써 전갈 갔는지
하얀 눈이 내린다.

동짓달

노오란 은행잎이 겨울을 부릅니다
한 해가 다 가는데 남은 게 없습니다
오늘도 빈 가슴에는
거품들만 떠 있는데.

추위에 행인들도 총총걸음 걷습니다
어둠이 쫓아와서 덜미를 잡습니다
어깨를 누르는 근심
수북하게 쌓이는데.

일몰

발자국 길게 눕혀
뒤를 한번 돌아보고

산등에 걸터앉아
구름 속살 물들인다

하루를
곱게 칠하며
황홀하게 쓰러진다.

노숙자

앞과 뒤 모두 잃어 이름도 노숙자다
좌우에 같이 걷던 사랑한 식솔들이
이산의 파편이 되어 통증으로 아린다.

강소주 물 마시듯 들이켠 붉은 얼굴
구겨진 신문지로 얼굴을 가리면서
고단한 육신이 누운 그곳이 안방이다.

냉기가 파고드는 썰렁한 지하도에
가려도 달아나는 신문지에 몸을 덮고
그리운 가족을 찾아 꿈을 꾸는 노숙자.

님

구만리 머나먼 길
그리운 얼굴 하나

온밤을 달빛으로
흥건히 적셔놓고

내 마음
한복판에서
피어나는 꽃 한 송이.

주남지 노을

아득한 하늘바다 온종일 건너와서

물속에 몸을 풀어
등불로 흔들리고

기러기 서너 마리가
물음표로 떠 있다.

하루를 불태우는 마지막 남은 불꽃

구름 위에 엎질러져
호수에 번지는데

철새들 무리를 지어
오늘을 돌아본다.

겨울 입맞춤

달님도 눈이 시려
구름 속에 숨어들고

꿈인 듯 눈 감으며
멈춰버린 너와 나

하늘에
수많은 별들
쏟아지던 그 순간.

문풍지

함박눈 쏟아지는 동짓달 기나긴 밤

추위가 채찍으로
등짝을 후려칠 때

파르르
온몸을 떨며 황소바람 막아선다.

매섭게 몰아쳐서 한풍에 멍든 가슴

속으로 사무치고
절규가 절로 난다

이 맘도
몸서리치며 뱉어내는 신음 소리.

산정에 올라서서

파도를 바라본다
산정에 올라서서

도시도 강줄기도
물결 속에 감춰지고

파고에
우뚝 선 나는
숨을 쉬는 고래였다.

아! 천지天池

꼭
한번
보고 싶어
꿈길에도 왔다 간 길

안개비
헤치면서
구름 뚫고
올랐는데

天池는
문패만 걸고
문을 굳게
닫았다.

비바람 칼끝처럼 내 뺨을 후리는데

하늘 문 풀지 못해
구름 속에 잠겼다가
먼 발길 돌리려 하니 눈물이 핑 돌았다.

그냥 갈 수 없어서 새벽잠도 설쳤다
하늘이 손짓하여
천문봉에 다시 가니
아! 天池 칠천만 겨레 통한의 눈물이다.

펼쳐진 장엄경에 물빛은 애달프고
무겁게 침묵하는
산빛은 서럽구나
긴 세월 애섧은 눈물 창공으로 날린다.

아버지의 헛간

고향 집 헛간에서 아버지 찾아보면

지난날 함께했던 낡고 녹슨 그 얼굴들

아련한 아버님 얼굴
통증처럼 아려온다.

세월도 결이 삭아 그리움도 야위는데

때 묻은 연장들은 훈장처럼 걸려 있다

당신은 어디 계십니까?
눈길 가는 흔적들.

파도와 갯바위

수평선 저 멀리서 나비처럼 춤추다가

당신이 그리워서 밤새워 다가왔다

그리움 가득 담아서
온몸으로 안긴다.

가슴을 열어놓고 애타게 기다릴 때

한 아름 안기면서 울면서 오는 파도

갯바위 굳은 얼굴에
눈물범벅 되었다.

시간 자유

식구들 나만 두고 만 리 먼 길 떠나면서
챙겨서 먹으라는 걱정 어린 저 눈빛
속으론 미소 지으며
쾌지나 칭칭 불렀다.

퇴근 후 집 가는 길 깃털 같은 발걸음
빈집인 줄 알면서도 초인종 눌러본다
혹시나 더 반가운 일
있을 것만 같아서.

잃어버린 나를 찾아 거리로 나서는 길
모처럼 신명 나니 하늘도 열려 있다
날개를 휘휘 저으며
새가 되어 날아간다.

그을린 얼굴 위로 까만 안경 쓴 사람

유격장 조교같이 터벅터벅 걸어온다
열흘의 시간 자유를
곱게 싸서 반납한다.

시냇물

시냇물 가로질러
건반 같은 징검다리

발걸음 옮겨 가면
아름다운 소리 나요

줄지어 건너서 가면
시냇물이 합창해요.

5부
바람 여행

비목공원

적막한 산기슭에
긴 세월 가둬놓고

총성은 멈췄는데
나뒹구는 흔적들

구멍 난
녹슨 철모에
피어 있는 들국화.

바람 여행

만사를 접어두고 발길 닿는 낮은 길로
바람은 길이 많아 나도 늘 그렇다
아득한 그 꿈속으로
가만 젖어 떠난다.

일상이 나를 깨워 세상 밖에 눈을 돌려
바람이 앉은 자리 따라가며 앉으면서
설레는 가슴을 안고
새가 되어도 좋겠다.

바람이 부는 대로 구름이 가는 대로
내 삶의 끈을 풀어 흐뭇한 유목으로
또 다른 눈이 뜨여서
떠나고 있다 늘 그렇듯이.

눈물 고여 섰습니다
−상해임시정부에서

허름한 골목길 옆 임시정부 들어서니
타국의 피난 설움 열정의 그 흔적들
빛바랜 태극기 앞에 눈물 고여 섰습니다.

사진 속 열사님들 고국 안부 물으시네
한근심 더해질까 차마 대답 못 하고서
조아려 고개 숙이니 죄지은 듯합니다.

양동마을

물 위에 연꽃처럼
한옥들이 피어 있다

처마 끝에 흐르는
고혹적인 아름다움

조선의
여인네들이
다소곳이 앉아 있다.

묵직한 침묵 깨는
대문이 열리면서

천년 긴 세월의 빛
그윽한 멋과 향이

골목길
사이사이로
강이 되어 흐른다.

피아골

통곡이 메아리쳐 흐르는 계곡에는

핏빛으로 낭자하던
그 옛날 그림자들

붉은 산
바람이 불던
영혼들의 아우성.

판문점에서

판문각 북측 초병
우리를 보고 섰고

부동의 남측 초병 눈동자도 멈춰 섰다

부릅뜬 저 눈빛들이
트인 길을 막고 있다.

남북한 경계선이 탁자 위로 지나간다

슬며시 발을 옮겨
북녘 땅을 밟아보니

순간의 오싹한 전율 등골 타고 흐른다.

미시령 사랑

단풍은 붉게 타서
온 산에 불 지르고

골안개 연기 되어
설악을 파고든다

저 불꽃
지우는 것은
너와 나의 입맞춤.

태백산 고사목

빛바랜 나이테를 깊숙이 품에 안고

욕심도 벗어놓고
근심도 털어내고

영혼도 다 떠나보냈나?
빈 몸으로 남았네.

석양에 마주 서서 회한에 잠기울 때

맨발로 달려오는
폭설을 끌어안아

한 그루 설경이 되어
다시 사는 고사목.

두만강 강변에 서서

강 건너 서러운 땅
나무 하나 없는 산들

꼭대기도 밭인데
허기지고 배고파서

두만강
할 말을 잃고
눈물 삼켜 흐르네.

장맛비 젖은 산은
한없이 울고 있다

그 여름 천둥 번개
비바람 보듬지 못해

붉은 피

쏟아져 내려

앓아누운 북녘 땅.

백두산 폭포

천지天池에 고인 물이
뜨겁게 달려와서
목청껏 소리치며
거침없이 건너뛴다

한민족
가슴속으로
달려오는
하얀 눈물.

천 갈래 만 갈래로 찢어진 가슴속에
다투지 말자 하고 헹궈내는 물 내림은
민족의 피맺힌 한을
풀어내는 살풀이.

뭉클한 마음 열어

하늘을 쳐다보니
부서진 마다마디 무지개로 피어 있다
이국의 국경선에서 목이 메는 너와 나.

내장산 단풍

빛 고운 가사를 입고
산이 하나 입적했다

저리 고운 선홍빛의
육신을 불사르는

내장산
다비식장엔
조문객이 넘친다.

제석봉 고사목

한 맺힌 그리움을
노을에 적신 육신

구름도 지나가다
만장으로 걸렸더라

타버린
사연을 안고
기다리는 고사목.

귀곡잔도 鬼谷栈道*

새들도 못 오르는 까마득한 낭떠러지
발밑에 안개 사이 계곡을 내려다보니
수천 길 매달린 허공
그 높이를 알 수 없네.

수직의 절벽 위에 선반 같은 난간 길을
아찔한 현기증에 온몸을 휘청이며
공중에 외줄을 타는
곡예사가 되었다.

천하의 비경들이 눈앞을 스쳐 가니
떨리는 심장으로 넋을 잃고 바라본다
여기가 山水甲天下라
매미들이 노래한다.

* 중국 장가계의, 귀신도 울고 간다는 험한 벼랑 위에 선반을 매듯이 하
여 만든 길.

백두대간 종주를 하고

하늘에 매어놓은
팽팽한 선을 밟고

창랑滄浪의 굽이마다
가슴은 물결쳤다

이어온
아득한 능선
내 영혼을 묻었다.

혼탁하고 각박한 현실 속에서 길어 올린
맑고 순정한 우리네 마음

이경철 문학평론가

"모깃불 타고 있는 / 고향 집 지붕 위로 // 어둠을 밀고 와서 / 별빛을 뱉어낸다 // 까아만 / 여름 그믐밤 / 보석처럼 빛난다."(「반딧불」 전문)

짧고 운율감 있는 시조 정형定型에 담은 서정시의 원형

배종관 시인의 이번 제2시조집 『고향의 메아리』 원고를 읽고 또 읽어봤다. 시편들이 참 순하고 맑다. 청정 계곡 옹달샘 같이 오염되지 않은 눈과 마음속에서 길어 올린 시편들, 마시고 또 마시니 내 마음도 맑게 정화돼 순해진다.

초등학생이 선생님께 배우듯 시조 정형에 꼬박꼬박 따르고 있다. 가식 없이 눈에 보이는 대로, 느낀 대로, 깨달은 대로 사실적으로 묘사하고 진술한 시편들이 착하고 좋은 서정시의 모범을 보이고 있다.

이번 시집의 그런 좋은 시 세계를 두루 보여주고 있어 아무 선입견 없이 먼저 감상하고파 이 글 맨 위에 올려놓은 「반딧불」을 보시라. 3장 6구로 45자 내외로 '3434/3434/3543' 음보율로 나가는 시조 정형을 그대로 따르는 운율에 우리 모국어와 가락이 반짝반짝 빛나고 있지 않은가.

시상 전개도 순진하게 사실적으로 나가고 있다. 고향 집 지붕 위로 나는 반딧불을 순진한 눈으로 있는 그대로 그려놓고 있다. 그러면서 아무리 캄캄한 세상일지라도 우리 순정한 마음속에는 언제나 고향 집 그 반딧불이 반짝반짝 빛나고 있음을 전하고 있다. 혼탁한 이 세상과 마음의 어둠, 부정을 밀어내고 순정한 마음과 순정한 세상을 지켜내는 별처럼 빛나는 도덕률로.

현대 문예이론가 게오르크 루카치는 "하늘의 별이 우리가 갈 수 있고 또 가야 할 길을 일러주는 지도의 역할을 하던 시대, 별빛이 갈 길을 환히 밝혀주던 시대는 얼마나 행복했던가"라고 했다. 인간과 신이, 인간과 우주 만물이 하나이던 시절은 분명 행복한 시대였다. 살아갈 길을 별같이 빛나던 신에 맡기면 됐으니.

그러나 자아, 주체성, 합리적 이성 등을 외치며 인간이 그런 시절로부터 유리된 근대 이후, 우리는 얼마나 외롭고 불안한가. 스스로 길을 찾든지, 아니면 속절없이 타락해야 하니. 인간의 정체성을 잃고 한없이 난해하고 혼란스런 지금 우리 자유시단의 젊은 시편들이 그걸 잘 방증해주고 있지 않는가.

이런 시대와 사회에 배 시인의 시편들은 루카치가 말한 밤 길을 안내하는 별빛처럼 빛난다. 순정한 마음으로 순정한 세상을 어떻게든 보여주고 지켜내려 하고 있으니. 이것이 유사 이래 지금까지 시가 쓰이고 읽히는 가장 튼실한 이유 아니겠는가. 거기에 우리 민족에게 익숙한 시조의 정형과 운율을 타고 있어 쉽게 읽히며 폭넓은 공감대를 이루고 있는 게 이번 시집의 덕목이다.

시조 정형의 틀은 반만년 이어온 우리 민족의 삶과 한과 멋과 사상과 혼을 담는 우리 문화의 원형이다. 운율은 민족의 핏줄을 흘러내리고 있는 맥박이고. 하여 짧고, 운율을 타는 시조야말로 반만년에 걸쳐 형성된 최고의 시이며 모든 시의 원형이다.

지금 여기 구체적 현실에서 구가하는 맑고 환한 마음 세상

폭포의 절구질에
부서진 하얀 포말

용소의 절구통을
명경수로 다듬어서

산 한 폭
집어넣으니
출렁이는 내 가슴.

물속에 밝게 비친
하늘은 더욱 높아

흰 구름 지나가며
가을 풍경 그리는데

청아한
산새 소리가
퐁당퐁당 빠진다.

−「호박소에서」전문

두 수로 이뤄진 연시조다. 앞 수에서는 폭포와 그 떨어지는 힘으로 파인 소沼와 하나 돼가는 시인을, 뒤 수에서는 그 소에 비친 풍경을 그리고 있다. 시조 정형의 룰을 그대로 따르고 있으며 시상 또한 시조 전개 원리인 기승전결로 펼치고 있다.

시조의 묘처妙處는 초장, 중장 기승의 전개를 확 전환하며 끝을 맺는 종장이다. 앞 수에서는 폭포와 폭포의 절구질로 생긴 절구통 같은 소의 거울처럼 맑은 수면을 그리다, 종장에서 그만 "출렁이는 내 가슴"이라며 소와 하나 되는 시인이 압권이다. 뒤 수 또한 종장 "청아한 / 산새 소리가 / 퐁당퐁당 빠진다"가 압권이다. 소에 비친 하늘이며 흰 구름 등 풍경을 그리다 아연 산새 소리가 끼어들고 있으니. 시각적 풍경에 산새 소리라는 청각이 끼어든 공감각. 폭포와 소沼라는 풍경과 시인, 대상과 자아가 순연히 포개지지 않으면 이런 자연스런 공감각은 포착하기 힘들다. 동양미학에서 최고로 치는 정경교융情景交融의 지경에 자연스레 이르고 있는 것이다.

인간의 정이 앞서면 주관적 감상으로 빠지기 십상이고 대상인 경에만 몰두하다 보면 객관적 매몰참에 빠지기 십상이라 서양의 현대시학에서도 시의 관건은 미적 거리aesthetic distance에 있다 했다. 「호박소에서」는 그런 정경교융이며 미

적 거리가 어떻게 이뤄지는가를 잘 보여주고 있다. 앞 수에서
는 직접 "출렁이는 내 가슴"이라며 풍경 속으로 뛰어들다 뒤
수에서 시인은 나 몰라라 하며 빠지고 귀에 들리는 산새 소리
만 청아한 풍경 속에 던지고 있지 않은가. 하여 이 시는 무엇
이 시인의 마음이고 무엇이 풍경인지 모를 정도로 정경일치
에 이르게 된 것이다.

　공자는 "시는 사무사思無邪"라고 했는데, 그런 사심이나
치우침이 없는 선비가 그린 문인화 한 폭처럼 이 시는 담박하
고 개결한 맛을 내고 있다.

　　흙탕물 칠한 연못
　　물안개 떠난 자리

　　또르르 굴러가는
　　연잎 위 아침 이슬

　　내 너를
　　닮아가려고
　　마음 거울 닦는다.
　　ㅡ「여름 아침」 전문

사심이나 치우침이 없는 마음, 그런 마음에서 우러나는 사무사한 시는 절로 나오는 것이 아니다. 그런 마음과 시를 위해 구도승처럼 수행하는 모습이 이 짧은 단시조에 그대로 드러나 있다.

이 시 초장, 중장은 너무 순진하다. 동시처럼 보일 정도로 천진난만하게 연지蓮池를 말간 눈으로 보고, 그리고 있다. 그러면서도 불교에서 불법佛法의 현현顯現처럼 귀히 여기는 연꽃을 환기하고 있다. 흙탕물 현실 속에서도 불국정토에나 필법한 맑고 환한 꽃. 그 연꽃을, "또르르 굴러가는 / 연잎 위 아침 이슬"이란 순진한 감각적 표현이 피워 올리고 있지 않은가. 해서 시조가 아니라 시 자체, 순수 시미학적 입장에서 볼 때 종장은 사족이다. 마음 거울 닦는 것도 욕심이요, 아집일 것이니.

발자국 길게 늪혀
뒤를 한번 돌아보고

산등에 걸터앉아
구름 속살 물들인다

하루를

곱게 칠하며

황홀하게 쓰러진다.

　　ー「일몰」 전문

　일몰을 담담하게 그리고 있는 시다. 그런데도 인간 세상의
정한이 묻어나는 시다. 초장, 중장에서 시인의 개입을 전혀
눈치채지 못하게 하면서도 그 보는 눈에 정을 듬뿍 담고 있기
때문이다.

　서산 산등선으로 넘어가는 해를 보시라. 뒤를 돌아보듯 길
게 자취를 남기고 있지 않은가. 여러 시각에서 일몰을 사실적
으로 그릴 수 있지만 이 시에서는 그 자취, 발자국, 여운에 초
점을 맞추고 있다. 그러면서 종장에서는 '황홀하게'라는 시
인의 마음이 그대로 투영된 투사체 부사로 시인의 감정을 그
대로 드러냄으로써 미련이며 여운도 황홀하다며 달관에 이
른 마음을 보여주고 있다.

　이 시는 지금 여기서 막 지고 있는 해를 대상으로 하고 있
다. 이번 시집에 실린 시편들은 대부분 '지금 여기'라는 구체
적 시공時空의 좌표축에서 출발해 과거의 추억과 미래의 예
감을 현재화하고 있다. 이것이 서정시 특유의 영원한 현재형
으로서의 시제다.

현재진행형으로 드러나는 가없는 그리움

적막한 불모산에
물고기가 울고 있다

건듯 분 실바람에
한바다가 그리워서

고향의 푸른 시간들
저물도록 울고 있다.

허공을 헤엄치면
바다에 다다를까

끊길 듯 이어지는
목메인 저 울음들

그믐밤 처마 밑에서
저리 슬피 울고 있다.
―「장유사 풍경 소리」 전문

고적한 산사山寺 처마 끝에 매달린 풍경風磬과 그 소리를 대상으로 한 연시조다. 반복된 "울고 있다"라는 시구는 현재진행형이다. 풍경 소리를 '댕강거린다' 등 여러모로 들을 수 있을 것인데 이 시에서는 '운다'고 반복해 듣고 있다. 마음이 울고 있기 때문이다. 그래서 그 울음은 영원한 현재진행형이다.

그렇다면 시인은 왜 울고 있는 것인가. "한바다가 그리워서" "고향의 푸른 시간들"이 울고 있는 것으로 시인은 듣고 있다. 조그만 종 속에 갇힌 물고기가 고향의 푸른 바다가 그리워 우는 것이다. 아니, 시인이 고향의 푸른 시간들이 그리워 우는 것이다. 떠나왔지만 지금도 내일도 언제든 허공을 헤엄쳐서라도 가고 싶은 고향, 그 푸른 시간들에 대한 그리움이 울게 만들고 있는 것이다.

향수나 그리움이라는 추상은 자칫 지나가 버린 추억 타령으로 빠지기 십상이지만 이 시는 지금 여기라는 시공의 좌표축을 확보해 현실성을 주고 있다. 지금 여기라는 시공이 먼 과거 저기나 미래의 거기로 마구 확산돼가는 현재진행형으로서.

달님도 눈이 시려
구름 속에 숨어들고

꿈인 듯 눈 감으며

123

멈춰버린 너와 나

하늘에
수많은 별들
쏟아지던 그 순간.
─「겨울 입맞춤」 전문

첫 키스인가. 그 입맞춤 한번 은밀하면서도 장엄하다. 달
님도 별님도 살 떨리게 동참하고 있는 우주적 사건이다. 순정
하게 떨리던 그 순간이, 그래서 멈춰버린 순간이 서정시의 영
원한 현재진행형이다. 그 순간에 대한 그리움이 오늘도 시인
으로 하여금 매양 새롭게 시를 쓰게 하고 있는 것이다.

구만리 머나먼 길
그리운 얼굴 하나

온밤을 달빛으로
흥건히 적셔놓고

내 마음
한복판에서

피어나는 꽃 한 송이.
　　―「님」전문

　그리움이 좀 더 구체화되고 있는 시다. 초장부터 고답적인
표현이 걸리기는 하지만 종장에서 그 그리움으로 오늘도 내
일도 꽃 한 송이 피어나고 있지 않은가. 천지 만물은 다 마음
이 낳는다는 '일체유심조一切唯心造'라는 불교 가르침의 핵심
을 빌리지 않더라도 그리움, 그리움을 담은 마음이 시공간을
만들고 꽃도 만들고 만물을 창조하는 것이다.

　한 맺힌 그리움을
　노을에 적신 육신

　구름도 지나가다
　만장으로 걸렸더라

　타버린
　사연을 안고
　기다리는 고사목.
　　―「제석봉 고사목」전문

죽어서도 천 년을 간다는 고산지대 고사목. 그런 고사목에서 시인은 '그리움'을 보아내고 있다. 그리움 때문에 죽지도 못하고 저렇게 서 있다고. 그런 한 맺힌 그리움에 조문弔問하려 구름도 만장처럼 걸려 동참하고 있다고. 그래도 고사목은 그 그리움을 기다리며 죽어서도 서 있다는 것이다.

아, 그러나 아서라. 고사목도 그 그리움으로 하여 스러져 흙이 되고 풀이 되고 새가 되고 구름이 되고 별로 뜰 것을. 캄캄한 혼돈 속에서 뭔지도 모를 것들이 서로서로 그리워 끌어안는 인력引力이 뭉치고 뭉치다 드디어 폭발해 이 광활한 우주와 삼라만상이 탄생했다는 게 첨단 우주과학이 밝혀낸 빅뱅이론 아닌가.

하여 그리움이야말로 우주를 탄생시키고 만물을 몸만 바꿔 유전流轉, 윤회輪廻하게 하는 본질인 것을. 그런 생명의 원천이요, 삶의 원동력인 그리움이 이번 시집에 실린 좋은 시편들을 현재진행형으로 이끌고 있다.

역동적인 현재로 되살아나는 향수며 그리움이며 추억

후드득 오는 비가

내 단잠을 깨운다

잊고 지낸 친구들이
우르르 몰려와서

고향 집
창문을 때려
옛 추억을 깨운다.

온종일 하릴없이
텅 빈 가슴 두드리니

기억은 바람 타고
내 유년을 퍼 올려서

지나온
발자국들이
굴렁쇠로 구른다.
　　　－「비 오는 날－고향 집에서」 전문

　제목처럼 오랜만에 찾아온 고향 집에서 옛 추억을 떠올리
고 있는 연시조다. 추억하면 으레 회고조인데 이 시에서는 초

장부터 지금 여기서 역동적으로 출발하고 있다. 이게 이번 시집의 장점이다. 죽은 지난날이 아니라 현재에도 추억을 역동적으로 살려내고 있으니. "후드득 오는 비"나 "우르르 몰려와서" 등의 표현은 얼마나 역동적인 현재진행형인가. 거기에다 뒤 수 종장 "지나온 / 발자국들이 / 굴렁쇠로 구른다"는 또 어떠한가. 단 한 문장으로 단박에 과거와 현재와 미래를 진행형으로 묶어버리지 않는가.

이 시도 그리움을 소재와 주제로 한 시로 볼 수 있다. 우리 인간네들의 그리움의 보편적이고 구체적인 대상은 고향이요, 부모 등 육친이요, 사랑하는 이성일 게다. 이번 시집에는 특히 고향과 부모님에 대한 그리움의 시편들이 눈에 많이 띈다.

산마루 올라서니 눈물이 핑 돕니다

폐허 된 고향 땅은 폭격 맞은 자립니다

굴삭기 고함 소리와
앞을 막는 흙먼지.

골목길 더듬어도 고향 집 간곳없고

우물가 감나무도

걸어둔 이야기도

모두 다 떠난 빈자리 그림자도 없습니다.

　　　　　　　　　　　　　　　　　　　　─「재개발」 전문

　재개발로 잃어버린 고향을 그리고 있는 연시조다. 재개발
이나 수몰로 이렇게 고향을 눈앞에서 잃어버린 실향민들이
얼마나 많은가. 그래 시인도 다른 시 「고향」에서 "늘 가는 고
향인데 / 고향 같지 아니하다 // 앞산보다 더 높아진 / 초고층
아파트 숲"이라며 실향을 실감으로 전하고 있다. 고향 정겨
운 집과 돌담과 골목과 우물 등 형체가 없어졌기 때문에만 서
러운 것이 아니다. 「고향」 둘째 수 종장에서와 같이 "오고 가
던 옛정", 어우러져 살던 마음의 고향, 마음의 본디 자리가 없
어져 눈물이 핑 도는 것이다.

　석소골 바람 언덕

　가을 햇살 지난 자리

　지게에 진 노을은

　땀에 젖은 세월의 정

가없는

내 아버님의

흰머리가 날립니다.

　　─「석소골 억새」전문

　고향 뒷산 계곡에 허옇게 흩날리고 있는 억새꽃을 보며 아버지를 떠올리고 있는 시조 단수다. 노을 질 무렵에야 나무를 지게에 지고 산을 내려오던, 머리가 허옇게 센 아버지가 억새꽃에 비유되고 있다. 나아가 노을은 아버지의 "땀에 젖은 세월의 정"이라 서정적으로 표현하고 있다.

　그렇게 비유적으로, 서정적으로 표현해냈을 뿐 시인의 감상이 배어들지 않은 시다. 그래서 맑은, 사심 없는 그리움을 가없이 불러오고 있는 것이다. 특히 존대어조로 끝맺으며 그 그리움을 더욱 절실하게 하고 있다.

해학, 웃음으로 넓게 싸안는 세태며 현실 비판 의식

노오란 은행잎이 겨울을 부릅니다

한 해가 다 가는데 남은 게 없습니다

오늘도 빈 가슴에는

거품들만 떠 있는데.

추위에 행인들도 총총걸음 걷습니다

어둠이 쫓아와서 덜미를 잡습니다

어깨를 누르는 근심

수북하게 쌓이는데.

　　　　　　ー「동짓달」전문

　한 해의 끄트머리로 가는 동짓달을 그리고 있는 연시조다. 연말 춥고 스산한 세태와 심상이 그대로 묻어나고 있다. 이번 시집에는 이렇게 세태를 솔직 단순하게 그린 시들도 적잖이 눈에 띈다. 지금 여기의 현실에 바탕을 두고 있는 시인으로서는 당연한 결과다.

　그렇다고 날 선 현실 비판 의식을 앞세우는 리얼리즘 계열의 현실주의 시들과는 차원이 다르다. 요즘의 세태나 정치, 분단 현실 등을 천진한 눈으로 있는 그대로 담아내며 그에 대한 공감과 반성은 독자의 몫으로 넘기고 있기 때문이다. 「동짓달」에서도 우리 서민들이 가슴으로 느끼는 연말의 분위기를 차분하게 전하며 그 공감의 폭을 넓히고 있지 않은가.

주름살 깊이 파인 팔순의 내 어머니
헤쳐 온 시집살이 시린 설움 묻은 채로
십구 층 아파트에서
감옥살이하신다.

호미질하던 논밭 불빛 아래 감춰지고
성城보다 높은 벽 속 겹겹이 가두었다
죄업이 무엇이길래
종신형을 받으셨나.

사라져간 고향 집을 창 너머 바라보며
아득한 허공에서 한 세월 건너간다
이제야 알 것도 같네
산뻐꾸기 운 뜻을.
－「新고려장」전문

　제목을 보고 늙은 부모 빨리 죽길 바라거나 요양원 등으로
보내는 잘못된 세태를 고발하는 시인 줄 알았는데, 아니다.
옹기종기 모여 살던 전통 농촌사회가 무너지고 고층 아파트
에서 사는 노모에 대한 안타까운 정이 간절히 묻어나고 있는
시다.

"아득한 허공에서 한 세월 건너간다"라는 셋째 수 중장은, 고향을 잃은 연유로 그 시절을 뿌리 뽑히고 고층 아파트 그 허공에 붕 떠서 사는 많은 이들의 심정을 그대로 담아내고 있지 않은가. 특히 "감옥살이하신다", "종신형을 받으셨나" 등의 천진한 비유가 해학 차원으로 들어오며 소위 문명 비판 시로도 읽히게 한다.

물고 뜯고 하다가 위독하단 전갈 받고
하나둘 엇갈리며 중환자실 들어선다
용케도 불효자식들
산소통이 대신했다.

등 돌린 살붙이들 애절하게 바라보니
심장의 박동 소리 서서히 커져간다
주르륵 흘러내리는
유서 같은 저 눈물.

애달픈 아비 마음 아는지 모르는지
떠나려는 그 순간도 서로 눈 부라리니
하늘에 벌써 전갈 갔는지
하얀 눈이 내린다.

―「전갈(傳喝)」전문

부친 임종 병상에서도 유산 배분 등 자기네들 잇속만 챙기려 서로 싸우는 불효자식들의 세태를 비판하고 있는 시다. 눈앞에 보이듯 그런 세태를 사실적으로, 극적으로 그리고 있다. 비판이고 고발이되 날 선 풍자가 아니라 그래도 웃음으로 껴안으려는 해학이 돋보이는 시다. 탈춤 한 마당에서 말뚝이가 그런 불효자식들 불러놓고 꾸짖으며 관중들의 웃음을 자아내듯.

집 보는 일 따위는 알아도 모르는 척
내 배만 채우려니
헛바퀴 돌고 돈다

하늘도
무심하시지
견공犬公이라 이름하니

순한 양 울음소리 아직도 작았던가
몹쓸 말 잔인하게
저리도 쏟아낼까

그토록
아파하는 말
들리는가, 듣는가.

오늘도 원형 속은 싸움 소리 가득하다
핏발 선 광견들이
서로 물고 늘어지네

네 이놈!
호통칠 어른
그 어디에 계신가요.
—「여의도 광견狂犬」 전문

여의도 국회의사당 둥근 지붕을 원형 투견장으로 보며 국
회의원들을 그 안에서 자기 배만 불리려 서로 물고 뜯고 늘어
지며 싸우는 미친개에 비유한 시다. 시인만이 아니라 모든 국
민이, 심지어 하늘 천심도 작금의 우리 국회를 그렇게 보고
있다.
그렇다면 이런 정치 작태를 어떻게 고발할 것인가. 현실주
의 시들이 비판하는 식으로 했다간 그 말이 그 말일 것이다.

일반 독자들의 눈높이에 뻔한 소리일 테니. 해서 시인은 우리 시, 시조의 전통 미학인 해학을 택했을 것이다. 독자들과 한 번 후련하고 걸판지게 웃어넘기며 꾸짖어, 쌓인 울분을 토해 내 카타르시스를 느낄 수 있게.

하늘의 마음, 티 없는 동심으로 일구어가는 서정적 유토피아

봄비 오는 소리 듣고
홍매화 꽃등 켜면

언 땅이 심심해서
간지럼을 태웁니다

헐벗은
겨울나무들도
발가락이 꼼지락.
―「봄」 전문

홍매화 꽃망울 터뜨리며 오는 봄을 그리고 있는 시조 단수 다. 아니, 온몸으로 오는 봄을 감각하고 있는 시다. 차례로 청각과 시각과 촉각 등 온몸의 감각이 총동원되고 있지 않은가. 특히 촉각이면 삼라만상과 살갑게 한 몸이 된 느낌과 기운이 절로 난다.

이 시에서도 "봄비", "홍매화", "언 땅", "겨울나무" 등 모든 것이 "간지럼"으로 시인과 한 몸이 되고 있다. 시인의 티 없이 맑은 눈과 마음으로 인해.

봄님이 오시는 길
너도 피고 나도 피고

지리산 한 자락을
노랗게 물들였다

환하게
미소 머금고
봄 마중을 나왔다.
─「산수유 마을」 부분

두 수로 된 「산수유 마을」 앞 수다. 이른 봄 노란 안개처럼 마구 피어오르는 산수유 꽃마을을 그리고 있다. 이 시에서 "너도 피고 나도 피고" 하는 것은 앞다투어 피어오르는 산수유꽃들이면서도 산수유꽃과 함께 피어오르는 시인의 마음이기도 할 것이다. "봄 마중을 나"온 것 또한 그럴 것이고.

　이렇게 천진한 눈과 마음으로 하여 시인은 우주 만물과 대상으로서가 아니라 한 몸으로 어우러지고 있다. 울긋불긋 꽃 대궐에서 대자연과 동무 삼아 어우러져 놀아 근심 걱정 없던 어린 시절처럼. 커서 철들어 이제 떠나온 순정한 어린 시절을, 시인은 오늘도 이렇게 현재진행형으로 살고 있다.

　그래서 이번 시집에 실린 많은 시편들이 동시로 보일 정도다. 실제 배 시인은 '동시조'라 장르를 갈라 이번 시집에 몇 편을 실었다.

　　시냇물 가로질러
　　건반 같은 징검다리

　　발걸음 옮겨 가면
　　아름다운 소리 나요

　　줄지어 건너서 가면
　　시냇물이 합창해요.
　　―「시냇물」 전문

시냇물 졸졸졸 흐르는 소리와 징검다리 총총총 놓인 모습을 그린 이 동시조 어떠신가. 건반 위에서 통통 튀는 모습과 경쾌한 소리가 들리지 않는가. 만물의 정령들이 통통 튀며 즐겁게 노래하는 활물론적 애니미즘 세계가 어린 시절이다. 아니, 세계는 그렇게 비롯돼 지금도 그런 파노라마를 펼치고 있다는 것을 우리네 신화와 전설들이 들려주고 있고 물리학, 천체학 등 첨단 과학이 증명해주고 있다.

> 푸르고 맑은 하늘
> 그릇에 담아놓고
>
> 구름도 붙잡아서
> 물새도 부릅니다
>
> 저 산도
> 손짓했더니
> 거꾸로 와 섰습니다.
> ―「호수」 전문

하늘도 구름도 물새도 시인과 한 몸이 돼 있지 않은가. 그래서 맑고 즐겁게 어우러지고 있지 않은가. 이 시는 앞에서

139

살핀 「호박소에서」와 물속에 비친 풍경의 소재며 발상이 비슷하다. 그렇다면 시와 동시는 어떻게 구분이 되는가.

　　겨우내 잠만 자던
　　이른 봄 언덕에서

　　봄볕이 따사로워
　　기지개를 켭니다

　　순이의
　　봄나들이에
　　"저요 저요" 외칩니다.
　　　　－「쑥」 전문

　어린이들도 쉽게 알아들을 수 있는 시어들이며, 어린이 마음 그대로의 천진성이 담긴 시이다. 이성적으로 사물을 구분하지 않고, 시인에게 끌어들이지 않고 사물은 사물들끼리, 시인도 그들과 동등한 위치에서 어우러진다.

　이 시에서 "저요 저요" 외치고 터져 나오는 봄 세상에는 쑥이며 꽃들은 물론 순이도, 시인도 한 식구다. 누가 봐도 어린이 눈과 마음으로 쓴 시다.

동시에 대한 정의는 창작자와 독자 측면 등에서 구구하게 확장돼 펼쳐지고 있지만 천진스런 어린이 눈과 마음이 시에 드러나야 함은 기본일 게다. 동시 백일장 심사 등을 하며 나도 어린이들의 다양한 동시 세계와 만나고 있다. 동시를 읽고 심사하는 그 시간은 나도 그 세계로 돌아간 양 사심 없이 즐겁다. 간혹 부모님이나 선생님이 손보아 준 걸 보면 그게 그대로 드러나 버리는 그 천진난만한 세계가 동시다.

나이 들어가면서 "어린이는 어른의 아버지"란 잘 알려진 시구절을 절감하곤 한다. 얼마나 갈고닦아야 어린애처럼 나 아닌 것들과 순하게 겹쳐지는 마음이 될까, 나 잘났다 못났다 으스대거나 아파하지 않고 만물과 신기하고 즐겁게 어우러지는 마음이 될까, 하고.

태종대 자갈 마당
돌마다 동글동글

파도 따라 차르르
올랐다 내려갔다

언제쯤
내 시조 한 수

저 빛깔로 고와질까.

　　―「조약돌」전문

　자신의 미숙한 시를 자탄하고 있는 시다. 그러면서 다시 더
나은 시 쓰기를 향해 신들메를 조여 매려 착상된 시로 읽힌
다. 그러나 자신의 시재詩才를 탓하며 너무 주눅 들지 마시라.
이 시 초장, 중장에 절로 배어나듯 아무리 닦아도 이르기 힘
든 동심, 티 없이 푸른 하늘의 마음 경지에 이 시집에 실린 좋
은 시편들은 들어서고 있으니. 만물과 한 몸으로 어우러지던
동심, 그 서정적 유토피아를 향한 시인의 순정만큼은 어느 시
도 따를 수 없으니. 거기에 더해 그런 순정을 지금 여기 우리
현실에 뿌리내리게 하고 영원한 현재형으로 꽃피워 세상을
환하게 하고 있으니. 현대시조 운용의 묘처妙處를 조목조목
세세히 탐색해가며 큰 시인의 길 걸으시길 빈다.

142

배종관

1958년 경남 김해 장유 출생.
2006년 《부산시조》 《현대시조》 신인상으로 등단.
2015년 《현대시조》 올해의좋은작품상 수상.
2019년 《나래시조》 단시조 대상 수상.
2022년 성파시조문학상 수상.
한국시조시인협회 · 나래시조시인협회 · 부산문인협회 회원, 부산시조시
인협회 이사, 부산시조문학회 '볍씨' 회장, '참시조' 동인.
시조집 『투명한 물소리에 떨리는 산울음』.
baeyi5676@hanmail.net

고향의 메아리

—

초판 1쇄 2017년 11월 27일
초판 2쇄 2023년 9월 22일
지은이 배종관
펴낸이 김영재
펴낸곳 책만드는집

—

주소 서울 마포구 양화로3길 99, 4층 (04022)
전화 3142-1585·6
팩스 336-8908
전자우편 chaekjip@naver.com
출판등록 1994년 1월 13일 제10-927호
ⓒ 배종관, 2017

—

* 본 도서는 2017년 부산광역시, 부산문화재단 지역문화예술특성화지원사업
  으로 지원을 받았습니다.

부산광역시 BUSAN METROPOLITAN CITY 부산문화재단 BUSAN CULTURAL FOUNDATION

—

ISBN 978-89-7944-633-3 (04810)
ISBN 978-89-7944-354-7 (세트)